动物珍话

贾祖璋 著

中国国际广播出版社

·序·

　　芸芸众生，品类繁多。以种数计，专论动物，也在 50 万以上；至于他们的个体数，纵然最最聪明的人，也都无从统计。就是佛家所说的恒河沙数，也不足以形容其众多。如此繁多的众生，或朝生暮死，或阅世百年，或飞或潜，或行或伏，或丑或美，或弱或强，错综奇丽，同竞生活，而同归于死，究属所为何来呢？我们人类，也是动物的一员，哲学家讨论人生问题，经过数千百年，仍然不能解决，所以要推论到人类以外的种种动物，自然更属隔膜了。生命原来是一个宇宙之谜，不过我们藉科学之光，不难逐渐得以窥见底蕴，至少可以求出某种的法则，发现某种的原理，得到某种的解释。所以自 70 年前，达尔文发表了他的进化论以后，人类的思想界，起了一个大变革；使人类的目光，也看到了种种动物的深心处，开拓眼界不少。比之我们古时，以人为"万物之灵"，又以我国领土为"中原华夏"，狂妄自大，适见其鄙陋可笑的情景，优劣自判若霄壤了。

　　现在我们将如管中窥豹的样子，将动物界中奇异可爱的生活现象，介绍一二于读者。蒙恩师夏丏尊先生指示，拟定这个书名，很可以表示内容的概略。只可惜作者文笔拙劣，原来灵妙多趣的材料，未能用生动活泼的词句，尽量表达出来，是为可憾耳！

1930 年 11 月

目录

动物的自卫

动物为了保持自己的生命，都有防御敌害侵侮的方法和工具，正像人类对于别人的侵害，要采取相当的防御手段一样，这就叫作自卫。动物自卫的方法，可以大别为二：一种是诉诸武力，积极攻击；一种是保守防御，退避逃逸。大概弱小动物对于比较自己强大的个体，采取退守的策略；反之，强大的动物对于比较自己弱小的个体，采取攻击的行为。大动物这种攻击的行为，本已超出了自卫的范围；不过，它们因此可以获得食物，维持生命，所以也可说是自卫；或者精密地说，应当说是间接的自卫。动物界中最显著的自卫工具和方法，有下述的数项：

1.**铗** 虾、蟹和蝎，前脚有大型的铗，昆虫中的举尾虫、螳螂、铗跳虫等，尾端生铗；这种铗，大抵发达于雄体，雌体是少有的。

2.**鳞** 爬虫类和鱼类都是满身披鳞的。例如鲨鱼的鳞，最为坚牢。从前用它来装饰刀柄。哺乳类中鲮鲤也是生鳞的，尤其觉得特别。

3.**棘刺** 刺猬和豪猪，身上生着长刺。遇到敌害攻击的时候，缩成一个圆球，使敌害无法攻击。鲷和鲈等硬鳍鱼，生着锐利的背鳍，可以防止敌害接近。鱼虎、海胆等，满身生刺，作用与豪猪、刺猬相同。

4.**距** 鸡科鸟类，脚上生着强健的距，是争斗的武器。蛾类的

西貒

后脚，也有这样的距；特别是天蛾科的距，力量强大，采集者每每被它刺痛。

5. 介壳 软体动物大都生有介壳，其中最有名的：贝类如海产的蛛螺和红螺，贝壳异常坚硬。介类如牡蛎等，介壳附着礁岩间，极为厚重。甲壳类中的藤壶，也有像贝壳样子的分泌物，包围身体。昆虫中分泌介壳来自卫的也不少。如对于植物有害的介壳虫就是。又寄生蚁巢中的蚁巢虻幼虫，也常有贝壳状的被盖，覆蔽身体，以便隐瞒蚁眼。

6. 甲胄 龟和鳖等爬虫类，身体外面都有甲胄。它们的头尾和四肢平时露在外面；遇到敌害，立刻紧缩于内部，避免危险。昆虫类中，有甲胄的也不少。特别是象鼻虫和阎魔虫等，甲壳十分坚硬；敌害接近的时候，每每拟似死态，使勿吞食。假如小鸟误吞，常常被它锋利的爪，搔破食道或胃，受到致命的伤害。其他如水栖的龙虱、牙虫等，甲胄也颇坚固。总之，凡是鞘翅目的昆虫，都具有甲胄。

7. 牙 猪、狼、狐、豹、狮、虎及其他猛兽，所有的牙，都是攻击的武器，同时也是直接自卫的工具。其中最尖锐的牙，要推野猪。至如象和海豹，它们的牙，失之过长，现在已经不能作武器用了。饲养的豕，牙也有过分发达的，非但无益，反而有害。以前曾经占优势的剑齿虎，就因为牙过分发达的缘故，种族也灭亡了。称为猛犸的大象，也是这样。

8. 齿 动物的齿，可以磨碎食物。特别是逆戟鲸，齿极锐利，可以兼作武器用，能够咬死巨大的鲸。海豚的齿，也以尖锐著名。栗鼠和海狸，齿的锐利更是人人都知道的。鱼类有锐齿的也不少，如鲷和鲈等是。又如鲨鱼，齿呈三角形，刃状的游离缘上，列生许多小齿，功用与牙相似。

9. 大颚 大颚为节肢动物所特有；尤其是昆虫类、蜘蛛类和蜈

爪哇犀

蚣类，最为显著。高等动物，颚为上下动作；节肢动物，大颚作左右运动，情形完全不同。昆虫类中大颚最发达的是锹形虫，可作争斗的武器，同时也作拥抱雌虫的机关。蜻蜓和螽斯专门用来磨碎食物；我们偶然被它啮着，感到剧烈的疼痛。斑蝥、步行虫、隐翅虫等肉食性昆虫，大颚都很尖锐。观察大颚发达的程度，我们可以推知昆虫食物的习性。蜘蛛和蜈蚣，大颚既属锐利，末端又分泌一种毒液，便于袭击敌人。

10. 爪　小猫、虎、狮及其他猛兽的爪，都是抓攫食物的工具；同时又是直接自卫的武器。马蹄是爪的变形物，可以蹴踏外敌，同时又利于逃遁。象的蹄，作用与马相同。至于鹿蹄的功用，完全是退守而不是攻击。又如鹰和鹫的爪，是捕杀小鸟小兽的最重要武器，握力强大，不是他种鸟类能够比拟的。

11. 角　生角的动物很多，如牛、水牛、犀牛、鹿和羊等，都是著名的有角动物。角是争斗的武器，同时又是直接自卫的工具。鸟类中有角的很少，唯南美产一种近似吐绶鸡的泽鸟，雄鸟头上生有角状突起二枚。生角的鱼类，有角河豚和剑鱼等。昆虫中生角状突起的不少，如独角仙，角的末端分枝成叉状，与驯鹿相似。小犀头角弯曲成弓形。这种角雄体较发达，便于作争斗之用。

12. 嘴　嘴是鸟类特有的器官。鹰和鹫等猛禽类，嘴呈钩状，利于攫取食物。鹤嘴刚直，好像一把凿子，当它发怒的时候，竟可以把人啄死。啄木鸟的嘴能够啄穿树皮，搜索隐藏的昆虫。总之，哺乳动物拿齿来做攻击和自卫的武器，鸟类拿嘴来做武器，手段虽然不同，目的是一样的。

13. 毒　动物的毒，就用途说起来，可以分为二种：

一种为了防御他动物的食物伤害而分泌，就是用来自卫的。

一种为了实行杀毙俘虏物而分泌。

哈兰鹰

属于前者，河豚为最著名。河豚的毒，含蓄在生殖腺中，毒质为盐基性。生殖腺是动物体中最重要的部分，所以需要毒液以为保护。其他有食蟹中毒的，也是蟹的生殖腺中含有毒素的缘故。蟾蜍皮肤上分泌含有毒质的蟾酥，所以别种动物，都不去惹它。昆虫类中，显现美丽的金绿色的，多含砒素等毒质，如斑蝥、吉丁虫、金蝇等。所以小鸟误食金蝇，便要呕吐。蛾的鳞粉，分泌毒液。我们的皮肤和它接触，每起剧痛。幼虫的刺毛，也具毒液，作用更为猛烈。放牧的马，往往因为误食栖在草上的蛾类幼虫，以致口中感到不快。属于后者，如浮游海上的水母，满生毒刺丝，接触他动物的时候，便突然放出。洗海水浴的人常常因此感到刺痛不适，海葵也有同样的毒丝，所以有许多弱小动物，要和它共栖。蜘蛛、蜈蚣的大颚分泌毒液，可使捕获物麻醉。蝮蛇毒牙中所含的毒液，可以杀人。蜂和蝎的尾端都生毒针，分泌酸性毒液。

然而，有几种特殊动物，对于毒液有自然免疫性。例如郭公能够啄食松蛄蝲，獴哥能够吞食毒蛇。南美洲产的一种蛇，专门拿毒虫来做食物，这真是俗语所谓"以毒攻毒"了。

14. 电气装置　动物身体上具备放电器的也不少，尤以鱼类最为常见。放电的功用，可以自卫，又可以麻痹食物。放电最强的是南美洲奥利诺苛河产的著名的电鳗，放电稍弱的是非洲产的电鲶，次之还有地中海和大西洋产的电鳐。电鳗长约八英尺，粗壮如人腿，蓄电处长在长大的尾部两侧，扩于约占全体长 3/4 处。构造复杂，其中有两条强大的肌肉带，充满肌肉变成的物质，分布多数神经。电气怎样发生，现在尚未明了。依据近来发表的克莱蒲博士学说，组成人体的数百亿细胞，全部是电气装置，上述的鱼类，不过是局部的电气较强罢了。电鲶与他种鱼类一同畜养在水槽中，他种鱼类便会触电而死。电鲶的放电器没有电鳗那样的肌肉的变形物，大概就是两个蓄电池。电鲶放电的最富趣味的现象，是能够按照自身与他鱼接触回数的增多而加强电力。它弯曲身体，拿尾与头的两端，接触别的鱼，可以发散最强的电力，也像电鳗一样。又电流的发散，能够随意节制；例如对于强大的敌手，放射一次电流，不能杀死；便继续散放数次，直至对方屡弱，然后停止。

15. 发光装置 动物能够发光的很不少。最普通的，有夏秋夜间所常见的萤。海中则有夜光虫和萨尔帕，每每形成海面的奇景。深海鱼类，以及其他海产动物的幼体，能够发光的也不少。这种发光，对于动物自卫的功效有二：一，可以作为不能食的标志，免被敌害误食；二，突然发光，可以扰乱敌害的视觉，以便逃避。在间接自卫方面的利益，可以获得食饵。在生殖及其他生理的关系上，可以引诱同种的个体。

16. 分泌物 动物和植物都有种种分泌物渗出，以达到自卫的目的。这种完全是防守的方法，而不是攻击的姿态。植物中最有名的，是捕虫瞿麦的黏液，分泌于花下，以防止蚁类接近。海中动物遭遇敌害的时候，常常渗出多量的黏液，包围身体，使敌害不能辨认。海星就是一个例子。蚯蚓等蠕形动物分泌黏液的也不少。又如蜗牛，遭遇敌害，便渗出泡沫状分泌物，掩住壳口。其他如海牛等软体动物，有多量黏液分泌；海兔渗出紫色的液体，尤为奇异。鱼类身上，大多有黏液分泌，免被敌害捉住。黏液最多的是鳗，其他如鲶、鳝等都是。这种黏液既可以逃避敌害，又可以使身体利于潜入隐匿的场所。从前都以为蚜虫背管分泌的是蜜液，现在才明白它并不是蜜液，而只是一种黏液。这种黏液与空气接触，便自形硬化，可以黏住以蚜虫为食的其他虫类的口器，使它们不能加害。正如白蚁中称为天狗蚁（Nasuti）的一群个体，它从尖锐的头上，放出一种黏液，攻击外敌，使外敌的口器，失却作用。昆虫又有分泌蜡质以避免他种动物伤害的。如白蜡虫，从尾端分泌多量白蜡，覆被全身，这种蜡质我们早已发现，采集起来可供应用。但别种动物却嫌恶蜡质。桑介壳虫尾端所分泌的白蜡丝，黏附叶上，蚕儿吃了往往中毒。在自然中，蛄蝼不食含蜡质的叶；同样，分泌蜡质的昆虫，也不致被其他动物所伤害。泡沫虫的幼虫时代，有泡沫状的分泌物，包围身体，可以防止身体干燥，同时又可避免他种动物的袭击。这种泡沫附着他种动物的口部，不容易除去，所以别种动物都不去和它接近。蝉生有透明的翅，附着在树枝上的时候，粗看很像突起的瘤。蝉遭遇敌害，常常先是静伏不动，直到极危险的时候，放出一种透明的分泌液，使对方惊恐，才乘机飞走。这种分泌液可能是一种粪溺。乌贼遇到危险时，分泌墨汁，好像施放烟幕，暂时隐匿自己，以便乘机逃逸。

　　分泌物之中，臭液最容易达到自卫的目的。栖息陆上的食肉性动物，大概都有。昆虫中以臭液著名的有草蜻蛉、椿象、瓢虫、蝼蛄、石蚕等，为数不少。信天翁及其他海鸟，遇到敌害紧迫的时候，常常突然吐出食袋中臭气难闻的内容物，使敌害退避。至如鼬鼠和狐，那是人人都知道的最有名的放臭气的兽类。北美产的臭狸，体色黑白相间，异常显著，是作为警戒用的。它遇到别种动物追击，总是悠然阔步，不现仓皇神色，到了相当距离，便把尾高举，从肛门向追击者发射臭液，远达数尺以外，而且能正确瞄准。至于臭气的散布，则可以到达数丈之外。臭液的黏着性很强，一旦触着，便不容易除去，要经过一月之久，臭气才能逐渐消失。假如皮肤上被沾着，便会感到火烧似的炙痛。所以，猛禽和猛兽的幼儿，一次袭击过臭狸，以后就不敢再侵犯了。马莱产的臭狸习性与北美臭狸相同，但发射

中国色螅

宽翅蜻蜓

距离只有一尺五六寸。有的动物常能发生恶臭，使它的身体不适合口味，以避免被吞食。例如野兔一度受惊，肉便带有一种恶臭，雉鸡也是这样。所以猛禽、猛兽猎取食物，常常采取突然袭击，使俘虏物来不及做出反应，发生臭气。

17. 飞翔　飞翔是动物的一种运动方法，遇到危险的时候，用来自卫，容易收效。例如花上的蝶，正当你要去捕捉它的时候，便会突然飞走。又如雀和鹑，受到鹰的翅音惊扰时，便贴地飞逃。再如鸠能够作奇妙的曲线运动，以便逃走，这些都是自卫的飞翔，反之，如鹰的翱翔空中，侦察食饵，那是积极攻击的动作了。

18. 疾走　俗语所谓"三十六策，走为上策"，是动物界中最盛行的自卫法。如马、鹿、鸵鸟等，都善于奔走。鹿被狼追击的时候，假如行走缓慢，就难免落入狼腹。所以，弱小动物能够逃避凶猛动物的吞噬，奔走是有很大功劳的。

19. 游泳　鱼类能够游泳，这是大家都知道的。昆虫类中的水马、鼓虫等，能够在水上滑走，又能在水中游泳，避敌的功效很大。

20. 避身处　所谓"狡兔三窟"，隐避场所的有无，对于生命的安全关系很大。这种隐避场所有永久的与临时的区别。鱼类潜身在河海的藻类间，是后者的例。寄居蟹居住在贝壳中，是前者的例。昆虫类中，营寄住生活的也很多，如簑虫、卷叶虫等。

21. 眼　眼当然是极有用的自卫工具。鼓虫的眼睛，分离为上下各一对，上面一对，可以侦察水面来的敌人；下面一对，可以注意水底的敌人。虾蟹的眼，生柄而突出，活动便利，所以四面八方都可以照顾到。还有鹰和鹫，高在云端，也能辨认地面上的食饵，目光犀利，这是与它们肉食的习性很相适应的。

22. 耳　马和鹿等健脚善于奔跑的动物，听觉都很发达。它们没

斑马

有攻击或防御的武器，如果听觉不完全，生命就要受到危险。反之，专门施行攻击的动物，就不必有锐敏的听觉，因为听觉对它们的生活上比较的不甚重要了。

23. 鼻　弱小的兽类假如仅仅具备发达的耳，那么对于步行无声的狮、虎等猛兽的袭击，仍然十分危险，所以它们不得不寻找别种自卫的方法。它们的鼻，对于预防危险，也有重要作用。嗅觉与风力大有关系，猛兽常常从逆风方向进行攻击，就是这个缘故。

24. 悲鸣　悲鸣也是一种有力的自卫方法。蝉和小鸟受到他种昆虫或哺乳动物袭击的时候，常常发出异样的悲鸣声，敌害听到这种突发的声音，感到惊奇而稍稍迟疑，它们便乘机逃脱。小狗遭遇强敌，也常发出悲鸣声。婴孩的啼哭，目的在求母亲的同情，作用也正相同。

25. 泪　鲸在受伤将死的时候，这个巨大动物的小眼睛里常有泪流出来，使看见的人不禁要起恻隐的心思。

26. 警告声　开挖白蚁巢穴的时候，可以闻见白蚁"刻兹！刻兹！"的喧声，这是它们同类间相互报警的信号。鸟类与兽类同居的时候，兽类常常因为得到敏捷的鸟类的警告，得以免除危险。

27. 拟态　拟态的例在昆虫界中最多。如甲虫和蝇、虻，常常拟似蜂的形色。蛾类的一种，飞翔的声音，也很像蜂类。还有部分的不完全的拟态，如蚕和芋虫，尾部生有肉角，但不能作为实用的武器，只是一种虚拟的形色而已。

28. 拟死　拟死的状态，也是动物界中一种重要的自卫方法。如竹节虫落在地上的时候，伸肢不动，容易被误认作枯枝落木，可以免被敌害取害。又如刺猬蜷伏身躯，好像一个刺球与真正死了的一样，敌害就不再攻击它了。凡是肉食性动物都不愿吃死的东西，所以拟死最能收到保护的效果。人类遇到熊，可以躺在地上假死，以逃过熊的残害，这是从古以来就知道的事情了。

29. 自割　蜥蜴的尾，被敌害捉住时，容易断去，用来迷惑敌人，而全体的生命却因此保全了。长脚的蚊，舍了它的脚，对于生命并无妨碍。虾蟹的脚，脱落后有再生的能力。

30. 吐泻　我们吃到毒物的时候，随即心中感到难过，引起呕吐或腹泻，这是自然抵御中毒的方法。金蝇来饲鸡，鸡吃了随即吐出。枭、鱼狗等鸟类对于骨骼、羽毛等不能消化的东西，常常把它裹成一团吐出来，以免受害。

31. 色彩　保护色和警戒色，都是极有用的自卫方法。

32. 吸着器　印鱼的头上，生有椭圆形的印章痕。用它来吸着大鱼的身体或船舶的底面。遇到大鱼吃剩的食物、碎屑，或船舶上倾倒下来的残羹剩饭，它就可以坐享其成了。章鱼的脚，生有疣状的吸着器，可以用它来捕捉食物；也可以用它来咬住食物，避免危险。蛞蝓和乌蠋的脚，生有钩状的爪，钩住了树枝等物，虽然遇到暴风雨，也不会坠落。蛭类的头尾两端都具有吸盘，它们前后交互吸着他物，可以作尺蠖状的运动，而使身体前进；同时，可以利用头部的吸盘，吸取他动物的血液作为食饵。

33. 寄生　最安全的自卫方法，要算寄生。人体的寄生虫，有绦虫、蛔虫、姜片虫和十二指肠虫等；其他动物和植物的寄生虫，种类更多。不过在寄生生活的过程中，要有中间宿主给它们做媒介，能否得到绝对的安全，也是不一定的。

总之，动物日常一举一动，都是为的维持生活，哪一样可以说不是自卫的方法呢？前面讲到的33项，是比较的最著名、最有趣味的几种现象。

西藏野驴

动物的共栖

1 片利共栖

（1）片利共栖与互利共栖

两种不同的生物，合在一起生活，假如一方专赖吸取他方的养分来维持自己生命的，称为寄生生活。假如两方都不蒙受什么害处的，称为共栖生活。共栖生活中，又可以分为二种：例如在小灰山雀群中，常常混杂着鹛等小鸟；这是由于食物和习性的一致而起的偶然的共同生活，对于双方的求食方面，都有便利，这叫作互利共栖。又如印度产的一种告春鸟，常常混杂在强有力的尼鸟群中，它们两者羽色类似，那是前者模拟后者的缘故；这样的共栖生活，只是前者获得利益，后者没有什么利益关系，称为片利共栖。

（2）寄寓与借宿

海边退潮的时候，可以见到藤壶、牡蛎等，附着在木桩或是岩石上，在海底的岩石、贝壳、珊瑚等表面，也有无数藤壶、海葵等寄寓着。至于鱼、海鼠、海胆、水母等身体柔软的动物身上，就不会有东西寄寓。因为它们的身体富有弹性，或者分泌黏液，别种动物不容易附着上去。但水螅之类的低等动物，能够附着在鱼类或鲸的身体上。鲸的体表，附着一种大型的藤壶；附着在海龟甲壳上的藤壶也是一种特殊的种类。这些都是弱小的动物，乞借强大动物的寓所，除此以外，没有甚么利害关系可见了。

青山雀

绯领厚嘴唐纳雀

（3）同栖

在他种动物家室中，营寄寓生活的很多。例如沙蚕常常寄宿在贝类的介壳中，甲壳类的蛎奴也有同样的习性。这种现象，究竟是为隐蔽，还是为了获得食物，尚未明白。澳洲著名的三眼蜥蜴巢穴中有海燕和鹦鹉同栖着。这种蜥蜴巢穴内部宽广，宿主常常住在右，寄寓者住在左方。尤其不可思议的是，蜥蜴只允许已经定住的寄寓者和它们的儿女同住；假使遇到寄寓者同族的其他鸟类前来，便用它的大头去闭塞穴口，使它们不能潜入。北美产的某种豸鼠，与一种穴居性的枭同居；穴中又时常有响尾蛇和鼠类借宿。南美的豸鼠，与犰狳和大型蜥蜴同居。非洲的一种岩狸与蜥蜴和獴哥同住。

（4）保护者与被保护者

某种动物，居住在别种武装动物附近，前者是受后者的武器保护的。对于管水母及其他水母，往往有特殊种类的小鱼，和它一同栖息着。因为水母类身上具有毒刺，所以小鱼可以避免其他动物的攻击，得到安全的保障。至于水母的一方，是没有甚么利益可得的。赤色的珊瑚群中常有赤色的小鱼同栖。两者既然同色，小鱼获得隐蔽的利益，又可以受珊瑚毒刺的保护。与黄蚁共栖的蟋蟀，身体也呈黄色；这种黄蟋蟀，不仅受到蚁的保护，并且从蚁得到食物。印度洋中有一种小鱼，与海葵同栖；遇到敌害追击，便隐伏在海葵的触手内，或者蹿进体腔里面。这种鱼和黄蟋蟀相同，不仅受到海葵保护，同时还采取海葵的食物残屑。但鱼鳍的运动，能够把新鲜海水输送给海葵，身体的美丽更可以引诱小动物给海葵作食物，这样初时虽然是片利共栖，后来便渐渐转为互利共栖了。

（5）海底的大花园

深海底，珊瑚好像树林一样，其中生活着种种鱼类、贝类、虾蟹、蠕虫、海胆、海星等小动物，很像地面上的花园。这种动物的美丽奇异，比鸟和蝴蝶更有趣味，为什么会有这样富丽妍艳的色彩呢？粗想起来，茫然不能索解。实则是一种警戒作用。珊瑚虫的群体，对于前来游猎的鲨鱼、章鱼等强大动物，具备抵御的武器；小动物也具有警戒色，助长珊瑚的威势，于是受到保护的实惠，可以安全生活。

（6）昆虫的共栖

昆虫界中，营片利共栖的例子很多。像蜣螂和埋葬虫的身上，都寄宿着一种不生翅的壁虱，它们在地上觅食的时候，壁虱也走到地上觅食；约当宿主已经食饱，快要飞走的时候，壁虱就回到宿主身上，以便一同飞去。一只壁虱，附在蜣螂和埋葬虫身上，不会感到什么重量。如有数只或数十只，积微成著，就不免使宿主不胜负担，甚至使它陷于死亡。这虽然不是寄生，但因为妨害运动的结果，得到与寄生同样有害的结果。

（7）共栖还是寄生

海生动物潜伏在海绵和万勃卒的身体里，而受到它们保护的很不少。淡水海绵身体里面有一种锅盖虫潜伏着，它对于海绵的身体有部分的食害现象，这可算是一种寄生生活。蛎奴栖息在介类的外套膜中，当它在外边游息的时候，遇到危险便突然遁入介类的贝壳中，介类能够闭住壳，代它阻止敌害。但蛎奴如有必要时，介类是否能够就把双壳开启，却是疑问。寄寓海参体腔内的小鱼，出入颇为自由，小鱼运动鱼鳍，送入新鲜的海水，对于海参是有利的。巴拿马地方的海边，有一种小鱼栖息在珠母体内；它死亡的时候，偶然会有遗骸固着在介壳上。南美产某种小型的鲶，寄居在大鲶的鳃内，而吸食它的血液，这也是寄生的生活了。欧洲产鲏鱇的鳃内，有一种小鳗寄居着，没有什么加害的样子。片利共栖与寄生生活，两者间没有截然的区分，随时有从一方向另一方转变的倾向。

欧洲陆龟

2 互利共栖

（1）大规模的交换作用

动物与植物两者之间，进行着大规模的气体交换现象。植物有叶绿素，能够采取动物所释放的二氧化碳，使它还原，放出氧气，来供给动物；动物吸收氧气，重复产生二氧化碳供给植物，永远如此循环不息。假如植物没有叶绿素，不能利用二氧化碳，或者动物不能排出二氧化碳，两者间的交换作用，就不能继续了。这样互相交换，形成循环，正是一种广义的共栖。至如缺乏叶绿素的细菌，与动物界的关系，自当另作别论。

（2）微妙的细菌活动

动物的身体里面，都有各种细菌和原生动物栖息着；尤其是人类及其他动物的肠胃里，都寄宿着特殊种类的细菌。这种细菌，哪些是共栖生活，哪些是寄生生活，还没有完全弄清楚。以前仅知道生息在体内的细菌都是有害的，随着研究的深入，现在却知道也是有益的了。食物中，植物的细胞膜质，都要借微生物的力量，才能够消化。草食性动物的前胃和盲肠中，都有一种所谓发酵室，生存着种种酵母菌，代替动物消化植物性的细胞膜，变成一种脂肪酸，以便吸收。试把兔的盲肠闭塞，使植物性的细胞膜，不再受发酵的作用，它便不能充分消化，吸收到的养分就随之减少。如果停止反

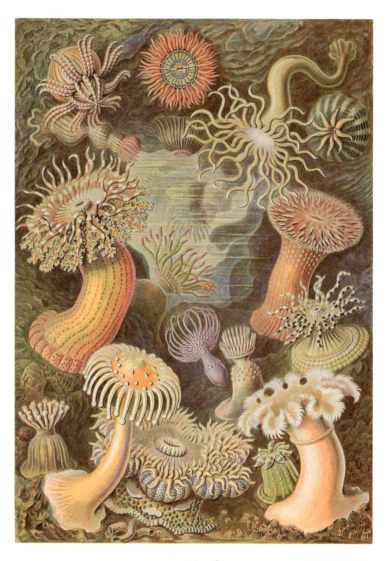

海葵

刍动物的瘤胃和蜂巢胃的活动，细胞膜同样不能消化，吸收也同样减少。这种细菌，与动物形成了一种特殊的互利共栖的关系。但假如它们移行到别种器官内，便会引起大害。共栖生活，移转一步便成为寄生；益与害，也就互相倒置了。

（3）蚊虫毒液中混杂发酵菌

近来发现有些昆虫体内的发酵菌，特别是浮尘子、蚜虫、象鼻虫等，吸收含有糖分的植物液汁为食物的，它们的胃中，都有发酵菌的大集团。这种发酵菌，在它们的卵的时代，已经潜入；自卵孵化而为幼虫，为蛹，以至于成虫，各自固着于一定的器官中。食淀粉质的人参蠹幼虫的消化器中，也有发酵菌发现。蚊虫的毒液中，也混有发酵菌。我们被蚊虫咬过后，觉得痛痒，不仅是单纯的毒液的缘故；对于混杂在这里的发酵菌的作用，是很有关系的。

（4）寄居蟹与海葵

动物中共栖生活的最有名一个例子，是寄居蟹和海葵。在浅海礁岩间，栖息着种种的寄居蟹，它们常常居住于一定的贝壳内。贝壳面上，时时有海绵、海葵、水螅等动物居住着。原来海葵等是营固着生活的，它们自身没有移动的能力，附着在寄居蟹的贝壳上，就可以得到行动的自由。海葵以于寄居蟹，不仅隐蔽它的身体，又有毒刺可以保护寄居蟹。寄居蟹也常用珊瑚的群体来代替贝壳。这种寄居蟹，初时住宿在小型的螺壳内，表面附生着一种珊瑚。珊瑚随着寄居蟹的成长而繁殖，现出环绕的螺纹形状，恰如贝壳，把寄居蟹很周密地遮蔽着。关于海葵和寄居蟹的互利共栖，某生物学家曾做过一个实验。在意大利那不勒斯水族馆中，有章鱼和附着海葵的寄居蟹饲养在一起。原来章鱼喜欢捕食虾、蟹之类，所以它伸展长脚，想去袭击寄居蟹，突然被海葵的毒刺刺了一下，急忙把脚缩回，从此以后，它再不敢侵害寄居蟹了。

蟹

（5）终身的共同生活

还有疣海葵与一种小型寄居蟹，共栖在一处，终身不相离异。寄居蟹身体逐渐成长，原有的螺壳逐渐感到狭小，所以海葵逐渐延长身体的两侧，作成外套膜的形状，隐蔽了螺壳的前部，又随寄居蟹身体的延长，再逐渐隐蔽它所有露出的部分，海葵的触手，总是延伸在寄居蟹口部的后方。当寄居蟹捕食时，它可以采集残剩食物来充饥。这种生活显然是双方互利的。寄居蟹有时失去了海葵，会出现仓皇不安的状态，它四出游荡，以寻找新的共栖者。假如幸而遇到，便用触角向它抚摩，好像示意它，要它转移到自己的壳上来。转移的时候，它十分注意，不取急剧的举动，免得海葵受惊。当寄居蟹去触碰海葵的时候，海葵决不放射毒刺。有时寄居蟹移换住家，海葵也必定跟着迁徙。它们关系的密切，由此可见一斑。

（6）趣味的退敌法

南美产的一种蟹，背上总有一种海葵附生着，几乎把甲壳完全遮蔽。这两种动物少有分别发现的。我们假如故意把它们分离开，蟹一定要寻觅海葵，使它再附生在自己的甲壳上。另有一种蟹，与一种淡红色的海葵共栖着。蟹的两只钳，各自挟着一个海葵，好像我们执着武器，可以击退敌人，这是一种极有趣的现象。

（7）珍奇的蝶与蚁的共栖

昆虫界中，蚁与蚜虫的共栖，是人所习知的。现在又知道蚁与蝶类也营共栖生活。翠蚬的幼虫，三龄以后，突然隐没不见，从前都不明白它的究竟，现在已经发现它在蚁巢里共栖着。自从这种珍奇现象公诸于世以后，采集家为了好奇，都热心去发掘蚁巢，搜寻这种幼虫。因此，它们的数量逐渐减少，将有灭亡的危险。这种蝶类的幼虫，初起啮食铃子香草的叶，又蠹入花萼里面，仅仅露出腹端，因为它的色彩和软毛，很像这种植物的花蕾，所以不是十分注意，是决不能发现的。第三龄以后，它的色彩和体形，突然一变，对于铃子香草的叶，也不再采食了。对于太阳光的照耀，十分嫌忌，专向日荫处移动，寻觅蚁巢的隧道，钻进里面去居住。普通住在森林中的赤蚁，在春季食物稀少的时候，常把蛞蝓、鸟蠋等幼虫来做食饵。翠蚬的幼虫，却并不会给蚁作食饵，而且大为蚁所欢迎与爱护，因为蚁嗜好它分泌的蜜液。它为了要充分供给蚁以蜜液，所以身体前方，变得十分肥大，运动不便，由蚁搬它到巢底居住，并且拿自己的幼虫来给它作食物。蚁为了贪食蜜液的缘故，情愿牺牲自己的子女供别人蚕食。可见动物的本能，完全是盲目的。翠蚬的幼虫，成长以后潜伏在蚁巢角隅，化成了蛹。到了翌年六七月间，从长睡中醒来，披上青色羽衣，好像窈窕的天女，翩翩然飞行了。

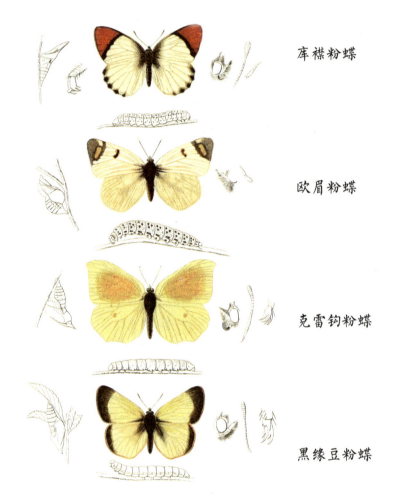

库襟粉蝶

欧眉粉蝶

克雷钩粉蝶

黑缘豆粉蝶

动物界的生活难

1　动物界中复杂的关系

动物有单独的生活法，也有寄生、共栖或群集的生活法；还有少数更为进步的社会生活法。方法虽然种种不一，它们的最终目的，都是要保存种族，就是先使个体过度平安的生活，然后产生子女，延续下一代的生命。但是一般动物没有能力可能根据自身利害的关系，随意想出任何生活的方法来的，这种方法所以获得，都是自然淘汰的结果。

一种动物，依赖他种动物以生存的寄生情况；以及二种或二种以上的个体和种类，协力作共生或社会生活的情况，与人类组织公司的情形相同；至于那些单独生活的个体，则相当于个人的独资营业。在资本主义社会的工商界中，有个人或法人，互相竞争，互相提携，结果都得继续营业。动物界中，生活方法各不相同，在同一地方，杂然并处，也可以各自保持一定的最大限度数量，继续互相角逐，这种状态，生态学者称它为平衡。回顾悠久辽远的进化史上变迁的遗迹，生存竞争的落伍者，种属绝灭的很多；现在的动物界，年年岁岁，以约略同一的种属，同一的比例，共同生存着。体制有简单与复杂，习性有机巧与拙笨，程度十分不同的各种动物，在自由竞争的状态中，也不能遽分谁优谁劣，谁胜谁负。你看，自称万物之灵的人类，现在还是依然不得不与其他种种动物，互争胜负，才能图谋生存呢。动物界中错综复杂的关系，于此可以想象的了。

普氏野马

2　单独生活者所受的限制

生物界自然会保持平衡的状态，常常在自行调节，不会使哪一种动物骤然独自获胜。关于保持这种平衡状态的主要原因有种种：

第一是食物。食物可以限制个体数量的增加。所以动物的食性，常求进化，摄取单纯食物的动物，每每次第变作采取多种食物。例如狸，捕食蛇、蛙、鱼、贝类等食物，以至于吞食垃圾桶里的菜肴残屑和树上的果实。与狐那样仅限于捕食野鼠、野兔、鸡等肉类者相比较，它就比较地进化了。专门依赖一种食物的动物，与摄多种食物的动物比较起来，生活上的适应力，前者较为薄弱。北极的狐，在多鸟的夏季食鸟，少鸟的冬季食兔，这样的习性，称为交换处理。其他动物也有这种现象，半年食害虫，半年食谷物的鸟类，学者以为益鸟，农民以为害鸟。热带地方的鹫，马六甲地方的鹳，它们常常啄食狮子等兽的残骸。然而食物的选择，纵然巧拙不同，假使在一定的地域中，食物的数量减少，那动物的个体数，也是要随着减少的。

第二，土地的状况，也能够阻止特种动物的无限发育。这种限制的原因，并不单纯：例如海产动物，与水温、盐分、波浪的冲击、潮汐的涨退等，都有关系。美国东海岸，从英国侵入的一种玉黍螺，自波士顿附近起，次第沿大西洋岸而南下，到了某处以南便不再分布过去。因为这种螺类的卵，能够忍耐的水温有一定限度，南方受

树林鹳

到墨西哥湾暖流的影响，夏季水温上升到限度以外，所以便不适宜于生存了。也有不能说明真正原因的，例如美洲有名的传染热睡病的某种蝇类，在维多利亚湖的列岛中，不栖息于某种面积以上的岛屿中。又岛屿中的动物，比较大陆上的动物，大概形体稍小。这种情形，一定包含着复杂的原因，大概生活上总有几分不适宜的缘故。但是现在还没有十分明白。

第三是自然敌的关系。在同一地方的各种动植物，存着甲为乙所食，乙又被丙所食的食物关系上的连锁，也即食物链。不仅是食物，寄生共栖等关系，也都可以形成连锁。此种食物的连锁，有时是一种动物与多数种属同时发生关系，这叫作塔连锁。关系比塔连锁更加错综复杂的，叫作复杂连锁。不论哪种动植物，遇到食物丰富的时候，随着一定有许多自然敌起来，抑制它的繁殖。假使食物稀少，种族衰颓，自然敌也就逐渐减少了。连锁是连接成轮形的，假使连锁的一端断去，那么连锁的另一端也就要渐渐消失了。例如为了抑止孤岛中兔类的繁殖而输入了猫，等到兔类被食尽的时候，猫也只有饿死。南极洲的动物界，有着某种甲壳类以及占优势的鱼类和乌贼等，而博得最后胜利的是企鹅。没有狐与北极熊居住的南极，企鹅是天下无敌的生物。然而那边寒气凛冽，不能在地上孵卵育雏；它们把卵和雏鸟放在脚上拿腹部的羽毛包裹起来，保持温暖，所以虽然在冰天雪地里，仍然能够产卵育雏。但实际上限制企鹅无限增殖的条件还是很多。

第四是天时气象的突变。动物有时先是不受任何限制的繁殖，等到个体发展到很多的时候，每每遇到骤然袭来的严寒或其他自然灾害的打击，以致演出一齐灭亡的惨剧。例如亚洲中部和西伯利亚南方，东西连亘的高原，是一大片一望无垠的草地，其间生息着野兔和类似土拨鼠的啮齿类小兽，它们的繁殖力很强，可作食料的野草又颇丰润，所以它们逐年生长，形成极大的数量。遇到气候酷寒或是暴雨倾注，土穴里浸满了水，便难免一齐惨死。着生在河岸上的生物，也有同样的情形，正当发育繁殖的时候，偶然遇着洪水冲决，就被一扫而光。普通的动物，数量一到过分巨大的时候，总由上述的突发情形来予以制遏，使它不致升到平衡数的上面。当动物遭遇这种灾害天气时，虽然数量骤然减到极低限度，但由于赋予它极强的繁殖生育能力，所以不久就又能够恢复到原来的状况。

家鹪鹩

3 伴随寄生与共栖的生活难

所谓寄生生活，现成地享受其他动植物的养分，看起来是相当安稳妥帖的。可是，实际上并不如此。每种寄生动物都只限于极少数的寄主，有时候，更仅限于一种，这是寄生关系的一种特殊性。为什么这样，现在还不完全清楚。体质和营养大概占着重要的原因。

因为有着这种特殊的关系，所以寄生虫常求大型动植物的照应。还有多种寄生虫，为了适应生活起见，中途要变更数回宿主，直到所谓终结宿主的体内，才能成熟而放出产生次代幼虫的卵子。这种卵子所孵出的幼虫，要经过第一第二等宿主，而达到终结宿主。这样转徙迁移的情形，和资本主义社会工人的就业困难，情形相似。

动物身体上的各种器官，如运动器官与消化器官等，在营单独生活的时候是必要的。等到营寄生生活的时候，便变成不必要的了，所以寄生虫类，关于这种器官都非常退化，只有生殖器官，异常发达，它们是用全力来倾注于生殖的。内科医师检查的时候，取极少量的粪便，放在显微镜下观察，就可以见到无数的寄生虫卵，在普通人看起来，一定会觉得惊骇。成熟的寄生虫，几乎无时无刻不在产卵，所以粪便的任何部分，都可以看到虫卵。这无数的虫卵，只有一个或极少数能够到达宿主体内，大部分因为不能达到寄主体内而死亡。

在寄生生活中，也有亲体能够自由活动而携卵接近所需要的动植物的。例如蝶与蛾，产卵在幼虫喜食的植物叶上，其实也可算是

阿东闪蝶

三斑坤环蝶

一种寄生生活。寄生蜂由母蜂直接产卵于被寄生的他种昆虫体内。这种亲体所给予的食物，很像人类给后代的遗产。

东半球的杜鹃类，有寄卵于他鸟巢内的奇怪习性。杜鹃在剖苇和鹪鹩巢内，鸠鸠在伯劳和黄道眉巢内，每一个巢都只产一个卵。剖苇的巢，口小而横向，大型的杜鹃不能直接产卵在巢中，所以先产在地上，然后用嘴衔卵，放进巢里去。杜鹃科鸟类个体都比做继母的鸟大，孵化出来的雏鸟没多久便与哺饵的继母同样大小了。这时候，继母终日不得安息，往返运取食饵。这种雏鸟，又有逐出继母亲生子女于巢外，以便独占食饵。当它在发育的某个时期中，背部有匙形的凹陷处，把义兄弟抱起，放在这凹窝中间，然后向巢的边缘穹起背脊，把它们抛出巢外。这种寄养习性，西半球杜鹃类是没有的，大概是进化途程上后起的本能。关于这种本能的起源，共有数说。有的说是营巢本能与卵巢的成熟没有联络所引起的简便方法。有的说是与鸡鸭等误产卵于巢外相同，是产卵时间失却调节的缘故。有的说因为产卵的间隔时间长过数日，如由亲鸟一己孵伏，雏鸟必致长幼不齐，管理不免发生障碍，所以用这种方法来补救。实则杜鹃鸟类，要寻觅时期适当的继母巢，把卵委托给它，也并不容易。至于剖苇和黄道眉方面，受了寄托后，自己的子女完全给牺牲了。

寄生生活中，也有并不取给宿主的营养分，而只作附着用的，例如印鱼吸住鲨鱼的腹部，又不必一定是鱼，轮船的底部，它也可以吸附，它只是靠宿主的运动，可以多得食饵的机会而已。假如轮船驶入江中，印鱼便不免要被淡水浸死，所以也决不是安全的生活法。寄居蟹寄宿在螺类的空壳中，我们采拾螺壳的时候，常常在无意中连寄居蟹一起拾来，这样寄居也是一种危险的生活了。

动物学书籍中，讲到共生或共栖的现象，一般人听来必定以为是一种很巧妙的生活方法，其实也不尽然。两种动物，为了生活的缘故，必须联合在一起。假使环境里面没有可怕的敌害，食物又可以自由获得，单独生活，一定是较为适意的，而营群集生活和社会生活，更是比较进化的共栖生活，又分为只有单面可以获得利益的片利共栖，和双方交换利益的互利共栖。只因为单独自由的生活，不能立足于生存竞争场中，它们才要改变习性。所以揭示共栖生活的内幕，实在有无限生活难的情景隐伏着。

冬鹪鹩

4 随伴群众生活的困难

非洲草原上群栖的斑马和羚羊，大抵每群都有负指导责任的老兽。森林里面的猿类也是这个样子。北冰洋附近的海岛上，夏季繁殖的各种野兽，每一头雄兽负责保护统治数十头雌兽。栖息中央亚细亚高原的马、驴等野生种，常常数十数百的集合在一起，便于在追逐水草的时候，可以防御狮子、虎、豹等猛兽的袭击。正像小鸟作季节移徙的时候，恐怕受鹰、鹫等猛禽的袭击，所以必须合群飞行。但是成功巨大的团体搜求食物，那又很不容易。中央亚细亚的马和驴，往往因为误入食草稀少的原野，以致数百数千的死亡。北美的紫燕，早春急于北行，忽然遭遇寒气袭击，每每全群冻死。这样，大群的生活，比较一匹一匹单独生活更为危险了。

考察群栖动物的食饵，如小鱼、昆虫、野草等，都是在同一处所比较有大量存在的东西。肉食兽类中，也有因为狩猎上的必要，而数几头协力合作的；但不会有极大的集团，这完全是被搜寻食物的困难所限制着的缘故。可作食饵的动物，同时密集于一处，在自然界中比较地稀少；反之，可作食饵的植物，每到丰盛繁衍，因为这个缘故，草食动物常常容易经营群栖的生活。

植物性食料，虽然丰富，但动物数量常常无限增加，所以群栖动物仍然不免有过剩的忧虑。因此，热带草原间的羚羊类，每每有遗弃群中老兽的举动。栖息在自非洲至阿拉伯边界沙漠中不毛之地

黑马羚

的狒狒类，不像他种猿类，作树上的生活，而群栖于岩窟或石块的小丘中，采食沙漠中一种特产的植物。它们的生存竞争，异常剧烈。它们动作敏捷，大齿尖锐。能够对小型的猛兽角斗。它们有啮死衰老亲猿的特殊行为，这不外乎想节省食料所引起的习性。在人类中也还残存着遗弃老人于山林间，或沉浸于海中的历史；西洋当罗马时代，尚有这样的风俗。

不把衰老的个体除去，而弃掷或杀死所生的卵和雏，也是从节省食粮的原理引起的习性。

斑纹角马

5　社会生活的起源与生活难

　　动物的社会生活，对于种族保存上，有三大功效，那就是个体的防护，食物的供给和繁殖的进行。无脊椎动物中，认为高度进化的昆虫，有胡蜂、蜜蜂、蚁和白蚁四类，各自独立发达进化为社会生活。我们人类的社会生活，虽然也可以与蜂蚁相比拟，但趣向实在是不同的。克鲁泡特金的互助论，引用动物学的事实来作社会学的探讨，对于社会二字作了十分广义的解释，不但把动物的群集生活，包括在社会生活之中；把单独自由生活个体偶然的集合，也算作了社会生活。现在对于社会二字的意义，有严密申述的必要。所谓社会生活，便是多数同一种类的个体，集合作有秩序的共同生活，其形体与习性，根据必要，起着分化和分业的，所谓"有秩序的共同生活"和"起着分化和分业的"是最紧要的两点。

　　关于昆虫的社会生活，在一般的书籍中，已经有详细的叙述。蜂有蜂王、雄蜂和工蜂的分别。蚁除了工蚁以外，另有一种善于战斗的大型兵蚁。白蚁的雄蚁、兵蚁和工蚁，都有两种以上的分化，对于工作的分担，更为完备。总之，分业可以节约劳力，凡是敌害的防御，住家的建设和保持，幼儿的看护，食粮的分配等，都可以得到极大的便利。但专就粮食的供给一点来说，社会生活决不是完全适宜的。在狭隘的场所，密集着多数个体，仰赖天产物做食料，很不便利；比较单独栖息的，显然障碍很多。美国昆虫学教授虎伊

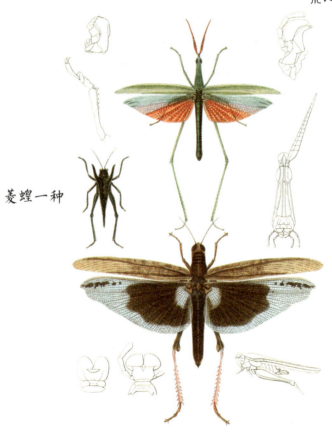

荒地蝗一种

菱蝗一种

斑翅蝗一种

莱氏，是昆虫社会生活研究的世界权威。他说："社会生活的昆虫，常濒于饥饿。"

前面已经讲过肉食性动物，不利于作合群生活。蜘蛛、鹰、虎等著名肉食性动物，只限于作单独生活，便是这个缘故。蜂和蚁本来是肉食的，因为要维持他们的社会生活，所以有的种类废止肉食，改食可得多量收获，并且可以长期保存的植物性食物。原始社会，靠狩猎为生的人类，改成食米麦，也是这个缘故。这种与社会生活的进展有关联而起的食性变更，在蚁类中，种种进化的程度，还是杂然并见。

蚁本来是栖息在热带半沙漠地以至温带草原中的昆虫。昆虫对于环境的适应力很强，而蚁尤为显著。它们现在已经扩展到全地球，不论森林和沼泽地，也不论寒带和高山，到处都有它们的踪迹。它们的个体数量恐怕已经超过其他动物的总和。它的社会组织，包括仅仅 10 只左右所成的简单团体，以至拥有数万个体，具备能够执行种种职务的属员的大社会。

最原始的蚁类，栖息在热带地方，还没有舍去肉食习性，它们只有 10 只左右集成一群，过一种群栖生活而已，进一步的是，虽然没有舍去肉食，但已获得移住习性的行军蚁，数百以至数千的个体集成小团体，一同过着流浪的生活，不论哪里，当它们通过的时候，所有的动物性污物，可以一扫而光。例如鼠和虫类的尸体，都被它们取去。热带居民对此十分高兴。

次之，有探索植物性食物的蜜蚁。它们从地下的巢中出来，采集野草的花粉和蜜。与蜜蜂的情形相同，它们又能够从白蜡虫、介壳虫等尾部吸取它们排出的蜜汁。在缺少花的地方，有收集禾本科草类种子的农蚁。它们遇见适宜的植物时啮去了附近的杂草，有如栽培的样子，让它们能够茂盛地生长起来，成熟的季节，采集这种植物的种子，让它们十分干燥，然后运到巢里。遇到晴天，又把它们搬到太阳底下曝晒。因为它们注意周到，所以谷粒藏在地下多湿气的仓库里，也从不会有发芽或霉烂。

真正的农艺耕作，在动物社会生活中是极少的。蚁在这方面已经进化到最高的程度。美洲热带产的一种樵蚁，就有类似于栽培农作物的事情。它们咬取植物的叶片，运到巢里，做成海绵似的块状，种植某种菌类，取食它的孢子和菌丝。这种菌丝，当分封的时候，便从亲女王口中分给少许，使新女王移到新巢里去，仿佛人类的传授遗产。

蚁以外的社会生活性昆虫，食性的变化，也有上述那样不均齐的程度。胡蜂类还没有舍去肉食性，只成功少数个体的小群落。蜜蜂改食植物，知道搜集花粉和蜜汁，并且把它们贮藏起来。白蚁专食植物的木质部，消化上大感困难，所以肠内养育多数原生物，负担分解纤维的功能，成为一种互利的共栖生活。

总之，昆虫的社会生活，依据保护个体和繁衍种族的目的而进化；社会内部的分化和分业，更伴随着社会的发展，和维持秩序的必要而进化。在这种社会生活中，假如对于食粮问题，仍然没有解决的方法，那么，全体便不得不冒食粮缺乏的危险。所以人口过剩的困难与前述的群集生活是没有两样的。为了这个缘故，它们的补救方法：第一，须实施产儿限制。在社会全体中，有生育能力的，只剩一个女王；其他的雌体，都成为去势的石女。假如个体数骤然激增起来，食粮不够分配，因了过劳和营养不良，女王渐渐衰弱，生育减少下来，对于产儿限制的程度，便愈见确实。第二，交尾终了的无用雄蜂，每每被工蜂刺死，也可以节约食粮。第三，举行分封，

便是使社会分割，因为社会组织过大，食粮的供给便愈加感到困难，或者竟至不能维持，所以转移一部分个体，到相当距离的远处，可以减轻食粮的负担。

经营社会生活的昆虫，食粮问题中还有一个困难，就是食客众多，怎样可以平均分配。不过它们差不多天生成了有愿意平均享受的性格。白蚁女王腹部具有脂肪腺，工蚁因此很喜欢接近女王身体，把食物送给她。社会生活的昆虫，为了容易与他巢昆虫分辨起见，全群中常保持共同的香气，便是所谓体臭。他种昆虫假如具备同样的体臭，跑入巢中，可以不受驱赶。所以蚁和白蚁巢中，有多数食客，纷纷出入。照虎伊莱氏的研究，蚁巢里的食客，超过 1500 种以上。因为外来的食客增多，蚁的团体便成为营养不良，女王几乎至于不能生育成熟的新女王。但是，这种外来的食客通常不会无限增殖，因此它们的幼虫和蛹，有静眠土中的必要；但工蚁把它们和自己的蛹同样看待，喜欢把它们自泥底里取出来，裸露在空中。因为这样违反了它们的习性，它们便多数死亡了。

以上所述，是从食粮问题方面所看到的生活难，除此以外，还有外敌的袭击，气候的剧变等，不断地给予威胁。营寄生生活，食物浸润在身边，似乎还多少有一些安全的保证。其他则都只有冒着危险去寻求食物了。

亨氏牛羚

6 特殊环境与新环境的适应

沙漠和深海缺乏植物性的食物，所以居住在那里的动物都是肉食性的。他们相互避敌的方法，都很巧妙。非洲的狮子和鬣狗，善于攻击；长颈鹿和鸵鸟，利用长颈瞭望远处；羚羊有敏速的脚力便于逃遁，这都是为了适应环境。深海鱼的口很大，腹部能够膨胀，是由于吞食比自己身体大的食饵的习性所形成的，有的还有发达的眼和发光器官，以适应黑暗的环境。

明白地球上各处动物的特殊情形，也是明白动物如何继续不断与生活难相斗争，下面再举些例子。一世纪前美国东部有二三个城市的公园树木遭受尺蠖蛾的残害。最后想到有效的驱除方法，只有集合小鸟来啄食。但是普通鸟类在城市里很少，只好从英国输入居住在街市附近的麻雀，前后经过多次输入，直到1851年才成功。但雀的繁殖力很强，定居后不久，便向各地扩散，侵害郊外农作物，还驱赶他种益鸟。夏季它们衔稻藁杂草在暖炉的烟囱里做巢。秋冬便引起火灾；或者把棉絮塞在檐漏里面，阻止了水的流通。它们从朝到暮，窗际檐头，终日喧噪，干扰了市民的工作和安睡。一年之间，蒙受很大损失，政府每年要拨巨款，来驱赶麻雀，但收效甚微。后来更加逐年从西部向加拿大扩张，并且从城市分布到田野乡村。美国农林部的动物调查局的设立，便是起始于防止这种从英国输入的麻雀。

1869年，昆虫学者希贝尔氏从欧洲取来一种鞦鞻蛾卵，孵化饲育。他的目的原想在因霜害而不能种桑、不能养蚕的美国，发现一种可以代蚕的蛾类。某一天，他的饲育箱无意中被风吹倒，饲养的毛虫（鞦鞻蛾的幼虫）逃出，这种毛虫当时在欧洲森林中曾发生过大害，希贝尔氏怕有危险，便发出通告，要求大家注意防范这种毛虫的危害。但在当时并没有发现大量繁殖，危害森林的迹象，逐渐被人们淡忘了。其实，这时毛虫正在蔓延，20年后的1889年，在新英格兰的森林中发现了这种毛虫的危害。政府为此在波士顿近郊设立了这种昆虫的专门研究所，继续从事扑灭。

　　在植物方面也有同样的事实。中部诸州，蒲公英的侵入，极为猛烈。总之在最近50年中，动植物移入美洲而酿成灾害的，为数不少。无论城市农村，一听到外来的生物，似乎总认为是有害的东西，而加以防范。

　　麻雀在英国并不十分暴虐，鞦鞻蛾在当地也并不猖獗；但移入美国，却都成了大害，究竟是什么缘故呢？因为美洲是新大陆，在动物生态学上，也是新环境，栖息在那里的动植物，生存竞争没有旧大陆那样激烈。在生存竞争激烈的地方的动植物，它们的生活力也就比较强盛，但因为它们同时有很多的自然敌，所以只能保持一个平衡状态，不会无限繁殖。如鞦鞻蛾产卵时有寄生蜂的为害，抑制了它的繁衍。现在移到美洲这一新的环境，避开了天敌，它就迅速发展蔓延开来了。

　　与美洲同样的实例，其他大陆也有发现。澳洲大陆，人人都知道，在地质年代中很早就与亚、非两洲分离，在食肉类动物出现的年代，它已经被海水围绕而与旧大陆隔绝了。比较低能和温驯的一穴类和有袋类在澳洲自在地生存着，而在其他大陆，它们早已灭绝。所以澳洲的动物界与亚、非两洲比较起来，生存竞争比较缓和，是生态学上的新境地。近一二世纪以来，从其他大陆故意或偶然移入的动物搅乱了旧有的平衡状态。例如300年前白人运去的家兔，偶然逃脱，成了野生状态，就以很快的速度繁殖起来，坐在汽车里就可以看到野外跳跃的野兔，牧草被吃去，因而牛羊的饲养受到影响。想驱除兔子而放牧家犬，犬又成为狼那样的野兽，放置毒饵，又反而杀死了鹌、雉等鸟类。当地政府为捕杀兔子花费大笔资金，近来冷冻兔肉，输入欧洲，总算开辟了一项用途。

小耳犬

7 动物的大量出现

上述的新移入者的跋扈，从生态学上讲起来，是一种平衡的破坏，这种破坏，并不限于受移入者刺激的时候；在各种情形看来没有变动的时候，也能够突然发现，原来宇宙间包罗万象，其间都存在着因果关系。我们的知识如果达到了完全的境界，不论什么远因近果，就都可以预测，不过现在人类的知识还没有达到这种程度。

农作物和水产品，每年的收获量，虽然大略相当，但往往有歉年和丰年的区别。或者同一年内各地的产量不同，这都与环境和自然敌有关。啮齿类生育力强，个体数容易激增。一旦外界环境适应，它就大量繁殖。

动物界某种动物一时迅速增加的结果，或是因为缺乏食饵，或是因为生育的减少，都不免要陷入饥饿死亡的境地。所以繁生到相当程度，常常有以下现象发生。

大量的移住，就是临时发生生态学上所谓不定期的移住性。显著的例子如鼠。鼠起源于亚洲中部，次第分布于全世界。俗传"鼠搬家是火事的预兆"，想来就是见到它们的移徙现象所产生的推测。栖息在挪威山地的一种旅鼠，每每数年一度出现非常大的数量，越山渡河，一直线向西推进，达到海岸边，直至海水中淹死。克鲁泡特金曾经见过黑龙江上游某一村落，沿河上下40里，走过大群的鹿，连续数天没有停止，狂喜的居民随意捕杀，便可以得到数千头。

岩羊

8　母性爱的进化

"教育是生殖的延长"，动物生下子女，并不能说已经完全达到繁殖的目的，还须进而予以训练，增进幼儿对付环境的能力。例如离巢的雀，常常跟随亲雀学习飞翔，遇到危险，亲雀就带它们一同飞遁。这时候，树上有貂，树下有蛇，空中有鹰，草丛中有狐，天真的雏雀的命运，危险重重。假使母雀不知道保护，那么种族便有灭绝的危险。所以母性爱是延续种族的最好的办法。高等动物生育较少，母性爱也最高，如猛兽类的狮、虎，海上的鲸，狡猾的狐，猛禽类中的鹰，都是母性爱最强的动物，也是生存竞争中最占优势的种类。

知更鸟

动物的变色及冬眠

1　动物的变色

　　一般动物，身体色彩往往与环境相同，使别种动物不易发现，起到保护的作用，这叫作保护色。草丛里的蚱蜢，树叶间的螳螂，都呈绿色，潜伏地下的蝼蛄呈褐色，爬在墙上的壁虎呈灰色，这都是保护色的例子。

　　有一种兔，夏天毛褐色，在枯草丛中不容易被发现。冬天变作白色，可以适应满地冰雪的环境。体色随季节而变化，是更进一步的保护色。

　　雷鸟有与兔同样的变色现象。它是一种像鹧鸪那样的鸟类，栖息在高山和寒带的平地上，夏季身体黑褐色；冬季变成雪白，只有

鹧　鸪

眼前和尾羽外侧，还残留黑色。脚上密生白羽，很像兽类的蹄。冬季过去，到了春天又变一种色彩，介于夏羽和冬羽之间。

最善于变色的动物是避役。这是产在亚洲、非洲的一种蜥蜴。曾经有过一个故事，说明它的体色是怎样变化多端的：

有一次，几个儿童争论避役是什么色彩。

甲说："我这只小箱子里有一只避役，你们猜是什么颜色？"

乙说："昨天我在庭院的沙地上看见它是沙土色的。"

丙说："不是，前次我在树上看到它是绿色的，与叶子的颜色很难分别。"

丁说："都不对，我在红色毛毯上见到它是红色的。"

于是，甲哈哈大笑说："我在槿色的花上捕得的，颜色与槿花相同，你们都说错了。"

但是乙、丙、丁三个人都不相信他的话，只认为自己看到的是正确的。四个人就争吵起来，不小心碰翻了箱盖，避役趴在地上，颜色与黑土一样。

避役能够这样随时随地变换颜色，当然是一种最独特的保护色。

2 白化的说明

　　上述的野兔、雷鸟等，冬季变成白色，我们称它为白化。还有饲养的白鸽、白鼠、白兔等，那是已经固定了的白化。其他的野生动物，也有偶然白化的个体，例如白雀、白燕等，在历史上都有过记载。白化是体内色素全部缺少的缘故。老年人银须白发，便因为须发缺少了黑色素。这种变化，个体之间有很大差别。人类有 10 岁左右的儿童，头上已经散布白发；也有六七十岁的老人，头发还是乌黑的。又如受十二指肠虫寄生的病人，服用了猛烈的杀虫剂，也可以引起头发变白。

　　色彩是由物体反射或吸收太阳光中的七色而显现的，某一种物体对于七色完全吸收，便成为黑色；反之，完全反射，就成为白色。例如霜和雪的呈白色，就是它的结晶体反射光线而产生的现象。透明的冰，刨成碎屑，也就和霜雪相似。还有石油乳剂的呈白色，是油里面许多空气球反射光线的缘故。兔类的白毛，人的白发，也可以这样来说明。依照麦奇尼可夫的解释，阿米巴状的白血球潜入毛发内部，夺去了微细的色素体，空气的小球，代替了色素的地位，看起来就成为白色了。又如昆虫的气管，里面充满空气，看起来好像银丝，也是这个缘故。

带尾鸽

3 营养经济说

冬季兔毛变成白色，在生理上有什么必要呢？我们引用魏司曼所倡导的营养经济说来解释，倒是极有趣味的。他说，冬季太阳热力减少，植物吸收养分困难，所以生长便中止了。植物生长中止，动物的食饵受到限制，所以它们不得不预先打算经济的策略。在春夏季节，体内贮足养分，到了冬天，用最节省的方法去使用它。毛发的色素，是血液所制造的，冬季的动物，和老年人一样，所有的血液，已经不够分配到这种末梢部分，所以关于这一方面的消耗，就暂时节省了。

大概因为有这样生理的原因，所以山兔的白毛，在生态上不一定是有利的。例如，当它在雪地上的时候，的确可以避免狸、狐等兽类的敏锐目光。至于在无雪的山谷间，却又成为显著的目标，反而容易被食肉动物所发现了。又如雪中的白熊，并没有被别种动物袭击的危险，那么变成白色，有什么必要呢？虽然可以说，披戴白衣，容易接近可以作为食饵的兔和雷鸟，但是拿生理的原因来解释，不也是很适合的吗？

此外更可以作物理学的说明，鸟类和哺乳动物都是温血动物，冬天为了要减少体温的散发，却以穿白色衣服为最适宜，因为白衣在夏天可以反射太阳的热量，在冬天可以把身体发散的热量反射回去，使它不致损失过多。

雪鹭

4　自然的经济

　　不论温血动物（恒温动物）或冷血动物（变温动物），气温降低的时候，生活机能都会减弱，这时，如果没有补救的办法，就难免死亡。所以，除了上述各种动物变化体色来保持体温以外，还有奇异的冬眠现象，这正是动物用来补救冬季食物短缺，生活困难的一种策略。我们知道，冬季不但气温低，而且食物稀少，所以动物要在冬季生活，不仅要与严寒作斗争，还要与饥饿作斗争。与其斗争失利，不如退隐以静待时机，这是自然界怎样巧妙的安排啊！

　　我们去观察冬季的胡蜂房，里面是空的，因为胡蜂已经完全死去，只剩幼女王，隐伏在大树的隙穴里或其他不直接接触寒气的地方，成为冬眠状态。当秋季终了的时候，女王便食尽了巢里的全部幼虫，作冬眠的准备。它吃了这种食物，可以维持一冬的生活。幼虫到了冬季，本来不免死亡，现在移作女王的食饵，从人类的眼光看，似乎十分残忍，然而就自然界说来，正是经济学的办法，是合乎规律的。

5 冬眠的原因

　　动物在夜间睡眠时，呼吸和循环的作用，与醒的时候相同。至于冬眠的现象，那就完全不同：呼吸差不多停止了，血液循环也不显著。到了翌春温暖的时候，却又恢复生气，与种子的萌发相似。冬眠不仅可以维持一冬，更可以继续达数年之久。有人曾把蛙放在冰箱里，使它休眠了3年，再接触暖气，随即逐渐恢复生机，开始跳跃。然而夏天正在活动的青蛙，虽然把它放在冰室里，它也不休眠。卡司柏说："夏天的蜗牛，放在冰室里，不会休眠。"假使在秋季，温度降到华氏77度，它就准备冬眠了。这样说来，温度降低，也不能认作冬眠的原因。又如说冬季食物缺乏，也不是冬眠的原因，不过动物为了生存起见，不得不有冬眠的必要罢了。最好还是归因于生理的变化。有人说是受了内分泌的影响。有人说由于脂肪的沉积和血液的增加，血管受到压迫，以致引起睡眠的疾病。总之，依照现在的科学程度，对于冬眠的原因还无法解释清楚，只好说它是本能罢了。

芹叶钩吻林莺

6 各种冬眠的动物

古人以为冬天的黄莺，蛰伏在池塘里面用泥土来封裹身体，但羽毛没有了，这当然不是事实。现在还有人说，冬天燕子蛰伏在山洞里，这是把蝙蝠错认为燕子的缘故。鸟类有飞翔能力，当生活环境不利的冬季来临的时候，它们就远涉重洋到温暖的地方去生活，冬眠并非必要，所以在鸟类中，绝对没有冬眠的现象。

比鸟类高等的哺乳动物，冬眠却是一种普通的现象了。如北极的白熊，雄的虽然并不冬眠，雌的却是长睡一个冬季。在冰天雪地的北极，白熊的冬眠，并不需要寻找安适的洞穴，她睡在雪地里，让那雪片厚厚地堆在身上，就算她的棉被。在这样冰雪棉絮间，开上一条漏斗似的口子，流通空气，她就可以安安稳稳睡过一冬了。次之，蝙蝠和刺猬也会冬眠。冬眠的蝙蝠，真像死去一样，把它浸在水里，经过好几小时，也不会窒息。獾和野兔也会冬眠，然而它们并不沉睡，有时候会醒转过来，寻觅一回食物，然后再睡。

爬虫类和两栖类的冬眠，更为人所熟知。蛇大概潜伏泥土里面。蜥蜴随便在石头下面、枯叶间或树洞里。蛙有的蛰伏池底泥土里，有的仍在陆地泥土里。鱼类的冬眠，都在污泥中或洞穴里。更下等的动物，如蚯蚓，会在地下掘一个洞，隐伏其中。

我们在冬天温暖的日子，或者早春的时候，可以发现苍蝇、蚂蚁以及美丽的蝴蝶，这些当然都是经过冬眠的个体。昆虫也有以卵子、幼虫或蛹越冬的。

头巾林莺

奇妙的动物尾

1　鳄与大蛇的喧哗

　　动物的尾，随种类而不同，各种不同的尾，各有特殊的用途。鳄鱼的尾是动物中最最强大的。它在水中一动不动，好像一根木头。野猪和鹿偶然到河边饮水，踩上了它，鳄鱼用强力突然把尾一摆，野猪等就被抛在空中，摔下来便受致命的伤害。非洲乘马出行的人要常常防备鳄鱼这种袭击。

　　南美洲的一种大蛇，叫作森蚺的，常常要与鳄鱼斗争，一个掉尾喧哗，另一个也回答它以尾的喧哗。一个用尾来打击，一个用尾来绞缠。大蛇的致命伤是头部被打击，鳄鱼的致命伤是肋部被绞缠。蛇能把尾卷在树干上，全身盘曲，绞杀鹿和野猪。所以鳄鱼如果被它绞住，也是很危险的。

　　最有趣味的蛇尾是响尾蛇，它有角质链状附属物，是历次脱皮时残留一些皮肤形成的。它遇到强大的外敌，便用尾端与地面摩擦作声，使外敌惊恐逃逸。这种蛇有剧毒，被它咬着，不论哪一种动物，都有致命的危险。有时它能发出轻微的声音，引诱小动物前来，捕作食饵。印度有一种毒蛇，尾端有一鲜黄色斑纹，假如它想引诱鸟、蜥蜴、蛙等动物前来，便运动尾部，恰像一条黄色蠕虫在那里活动。当地还有一种蛇，名叫竹叶青，尾端有红色斑纹，尤其是幼时，最鲜明。它专拿鸟来作食物，也食蛙和蜥蜴，常常因为要俘虏的动物种类的不同，而尾的活动也不同。当这个红色斑局部运动的时候，俘虏物便像受着催眠作用一样，无法动弹了。

2 舍尾避敌

蜥蜴受到敌害袭击时，常常自己把尾断去。它的尾先天生成可以切断的构造，不出血，也没有痛感。断下的尾，短时间内能够跳动，好像一条小虫。攻击的动物，注目这突然出现的蠕虫似的尾的跳动时，蜥蜴就安然逃走了。有时我们抓住了鼠的尾巴，往往只是拉住一层皮，而老鼠便趁机逃脱。这是鼠的与蜥蜴相似的自卫方法。

龟的尾是很短小的，对于它的生活似乎并没有什么重大意义。但是当它陷在穴中或者翻身朝天的时候，那就极有用处了。试把龟放在比它体长较高的箱子里，它也能够爬出来，这就是龟能够用尾来竖起身体的缘故。

日本拟水龟

3 广义的尾与狭义的尾

昆虫类中使用尾的，有衣鱼和石跳虫等。它们的尾很长，多用来帮助跳跃，而构造则与他种动物完全不一样。这种弹尾目昆虫的尾，不过是一种跳弹用的附属物，呈剑状或叉状，但都不是真正的尾。

尾的意义，更广义的使用，适用于燕尾蛾、凤蝶的后翅延长的突出部分，当然这都不是真正的尾。又天社蛾的幼虫，有尾状突起，可以用来威吓敌害，在严格的意义上，也不能称它为尾。还有长尾蛆，尾端有气门，没入粪中的时候，可以由此呼吸空气。生活水中的水斧虫，有两支长尾，透出水面，呼吸空气。又可以用做游泳时的楫和潜水时的空气唧筒。

4 得意的尾与失意的尾

　　孔雀和七面鸟的雄鸟，尾羽美丽，常常开展而作舞蹈，无疑，这是用以向雌鸟献媚的装饰物。又雀和一些小鸟，喜悦时便竖起尾羽，鸣啭舞动。举尾可以算是高等动物得意的标志。如果把尾垂下，是失意的表示。

　　鸟的尾羽也有实用的作用。如啄木鸟和雨燕；攀缘树干等物时，供支持身体之用。

　　猫，当它喜欢的时候，或者乞食的时候，也把尾高高举起，有时更作异样的回旋，这是一种对主人献媚取悦的表示。鼠尾极为发达，有帮助跳跃的作用，遇到口不能衔取的食物，如鸡蛋等，就用尾去卷取。美洲产的一种小型袋鼠，造巢时使用尾来卷取牧草。经过训练的小袋鼠还能作杂技表演，强大的尾，可使身子直立。

奥杜邦啄木鸟

5　被鱼所食的栗鼠尾

栗鼠的尾很大，在它的生活上，有重要的作用。它住在溪流潺潺的森林中，夏季炎暑的时候，会有意从树枝上落到水中，沾受水的清凉。它不仅能够跃过小溪，又能够游泳。它在水中，常常定时地振动它的尾，不过，溪流深处的鱼类，见到摇动的尾，便来咬着吃了。鼠族的皮肤极容易损伤，栗鼠的尾受到鱼的伤害，并不感到十分疼痛，但是最后也有丧失生命的危险。栗鼠在石壁上回转的时候，必须使尾突出在后方，保持身体的平衡。在树木和石壁间跳跃的时候，尾有增加跃进距离的作用。攀登树干的时候，把尾举起，便会增加上攀的速度。栗鼠失去了尾，行动便不灵活了。即使极短的距离也跳不过去，往往坠落在地上。假如向对方直立的树干跳跃，因为不能平衡身体，总是把头撞在树干，甚至昏晕受伤。

水獭住在水边，捕食鱼类。它的尾很长，游泳时，可以帮助它转换方向，增加速度。

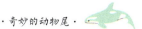

6 警告危险的尾

　　苏联[①]和美国的海狸，皮毛可作大衣袖缘和领沿，价格极高。它的尾扁平粗短，为什么会成为这个样子呢？原来这种动物，群集作社会生活，常常放着步哨，用来侦察敌害。遇到熊和狼等强敌，哨兵便用尾来拍水作响，警告同类。同类听到声音，立即一起跑到隐僻的处所去躲避。

　　野兔身体褐色，独有尾呈白色。这有什么意义呢？白色的尾，容易惹起敌害注目，不是反而成为有害的目标了吗？事实却不是这样。它们群居啮草的时候，哨兔发现敌害袭击，便高举白尾飞遁。其他的兔看到了，也举起尾来，互相警戒，一起逃走。它们平时决不举尾，因为这是警告的标志，不能滥用，好比警钟，不能随便乱敲。

　　鲸鱼的尾力气很大。捕鲸船如被鲸尾打到，便有倾覆的危险。鲨鱼的尾能破坏船舶，也是常有听说的。

---

① 苏联，全称为苏维埃社会主义共和国联盟。成立于1922年，1991年解体。是当时世界上面积最大的国家，疆域横跨东欧、中亚、北亚的大部分。

7　光亮的狐尾

　　还有应该特别提到的是狐尾。英国的养狐家要把幼狐放牧在野外，必定先把它的尾切断。因为狐的臭腺开口在尾的基部，分泌的臭液，会从基部延渗到梢端。当它在地上或草丛间曳尾而行的时候，臭气沾在草上，容易被狗发觉。断尾的狐臭气不易扩散，可以减少敌害的袭击。反之，像在加拿大那样寒冷的地方，无尾的狐由于不能抵御寒冷，便容易死亡。因为在寒冷的地方，狐蜷伏而卧，尾毛蓬松，围护四周，有防止体温散失的功效。

　　还有狐尾尖端为什么呈现白色？尤其是银狐，颜色纯白，极为显著。它的作用是为了便于在黑夜中互相辨认。白色的尾端，会散放微弱的光亮，这是养狐家经常见到的。但是当人走近它的时候，光亮就立即消失。这种亮光可能是一种静电。世俗传说的狐火，想必是从这个现象引起的。狐尾又是优秀的斗争武器，它可以击拍敌害的脸面，使对方昏厥。或预先浸在水中，黏附了泥沙，待敌害靠近时，摇动尾巴，把沙和水泼出去，使对方睁不开眼。

　　狐尾还好像船舶的舵，奔跑的时候，可使自己灵活地转换方向。

　　然而在自然生活中，狐尾对它自己，也有不利的地方。例如被狗追赶而不得不潜入水中的时候，如果过于疲劳，那么上岸以后，拖曳着濡湿的尾，就觉得异常累赘。再如在北方，衰老的狐或负伤的狐，行动迟钝，尾上附着冰雪，渐积渐厚，初时还可呵气来消冰，但随融随结，最终便不免困扰致死。

8 蜘蛛猿的尾

猿尾能够卷缠，与象鼻相同，能够作种种把握的动作。当它们在树林间跳跃的时候，对于前后肢所不能搭及的对方树枝，只叫尾能够碰着，随即可以卷住，避免跌落的危险。尤其是美国产的蜘蛛猿的尾，最为有名。尾端丛集多数神经，恰像生着眼睛一般，可以准确地卷住树枝。它在发现小鸟巢时，假如巢口细小，前肢不能伸入，便用尾探入把鸟卵掏出来。蜘蛛猿即使在死了以后，尾的卷缠力仍不减退。有时可以看到被猎枪击毙的蜘蛛猿，还用尾悬挂在树枝上，不会下坠。要到尸体腐败，筋肉松弛，才会失去卷缠力。所以，猎捕蜘蛛猿的时候，如果它逃到高树上，就很难捕住它。

美国产的负鼠的尾，也是极有趣的。这种鼠尾与猿尾相同，有极强的卷缠力。原来这种动物是属于有袋类的，然而它胸部的育儿袋，已经退化，不能再容纳它的儿女们了。所以儿女们都聚集亲体背上，用尾卷缠亲尾，便于母鼠携带行走。

鱼类中的海马，尾也有卷缠力。雌海马产下的卵，雄海马把它放在自己腹部的育儿袋里，用心保护。遇到风浪时，用尾卷缠海藻，防止漂流到远方去。

9 拂尘状的尾与退化的尾

西藏的牦牛，尾的末端，生着拂尘状长白毛。这种尾对它自身有什么用途，还不十分明白。大概是利用它来驱除身体上的虻蝇等害虫。僧道们手持拂尘，可以说是向牦牛学来的。不过牛尾能够拂去虻蝇，僧道们想用来拂去鬼怪，只是自欺欺人罢了。

熊尾严重退化，只存一点痕迹。它须在积雪的山上滑走，假如生了长大的尾，反而显得累赘。人类祖先时代，也是生尾的，在发生学上，可以证明。后来两脚直立，尾变作不是必要，结果便逐渐退化。猩猩等高等猿类，也是这样。反之，其他尾很发达的动物，当然对于它们自身，都是很有用处的。

狡诈的狐

1 狡诈的手段

狐能够拟似各种动物的声音，例如小羊鸣声，兔的叫声等。而尤以拟似小羊鸣声，最为常常可以听到。但注意倾听，那么它的声音比较粗杂，容易分辨。与人类的利用媒囮来引诱动物是同样的作用。狐的拟声，招致被拟动物的异性，最为有效。或者装作受伤兽类的呻吟声，使它的同类听见声音而聚集拢来，也是常有的。鼠陷在陷阱中的时候，常作"呋唔、呋唔"的鸣声，报告同类，同类间不知发生了什么事故，便四面八方跳集拢来，狐就利用鼠的这种习性，当它要抓捕鼠的时候，常常发出这样的拟声。

据说在英国，有一次猎狐的时候，一头狐被一群猎犬追击着，几乎不能脱身了。它逃到铁道上，沿铁道一直奔跑，忽然觉得火车快要来了，便转身潜匿在路旁草丛中。犬闻着狐跑过时候残留的臭气，仍旧沿着铁道追赶，火车驶来，躲避不及竟被辗死。狐在这种危险的时候，例如遇到羊群，就将身上的气味转移到羊身上，然后安然逃逸。有时遇着水道横亘，它就跃入水中，泅水而逃。

2 制御狡诈的手段

　　狐伶俐智巧，不容易陷进罗阱。它们现在还能到处繁生，确是智慧所赐给的。它们能够辨别钢铁的气味，对于钢铁的气味，表示异常恐慌的样子。它们假如有过一次陷进罗阱，脱逃以后，就决不会再度遭劫了。我们用更为巧妙的手段，可以制御狐狸的狡诈，我们可以用机阱沉在小河水中，阱上盖着水草做成突起的陆地样子。两岸的草间放着狐所嗜好的食物，如猫尸之类。它渡河时，除非异常危险，总不愿意把脚浸湿。所以当它把一岸的食物吃过以后，再要渡到对岸去吃的时候，必定喜欢踏在好像陆地的水草上面，于是机阱的弹簧松开，它的脚就被夹住了。狐纵然狡猾，也不免为了贪食而丧命。又用生殖器的分泌液，涂在机阱上，也容易迷惑它，把它捕住。

藏　狐

3 学习森林生活的秘诀

　　狐类教育幼狐，善于用循序渐进的方法，以期养成狡猾的性情。最先训练幼狐熟习使用鼻头的方法。亲狐捕得食物严密隐藏，然后叫幼狐去搜索。伶俐的随即能够发现食物；愚笨的常常只能舔舐残渣。次之教它们在草丛里捕鼠的方法。最后使它们知道追赶飞翔的鸟类，是愚笨徒劳的举动。

　　亲狐有时鸣叫，有时嗅物，有时竖起身上的毛，幼狐看见，便跟着同样表演，嗅物一事，是幼狐将来行动上最重要的事情，避免敌害，找寻异性，幼狐游戏时常用的玩具，是雄鸡的羽毛；伶俐的幼狐把羽毛衔在口中，颇现得意的样子；常在兄弟姊妹之间夸耀示威。比较强悍的，常常和它争斗，而原来衔羽的幼狐，常发一种特殊的声音，表示它有既得权，情形极为滑稽。

　　生下来三四个月的幼狐，还丝毫没有狐所固有的臭气，这是自然所以要保护幼儿的妙计，因为这样，犬等敌害，就不能辨认它们蛰居在哪里，而加以危害了。等到幼狐稍大以后，月明之夜，常在穴前游戏。至于人迹罕至的山间，虽然是昼间，也常常看到它们游戏。幼狐游戏的时候，亲狐隐蔽开去，暗暗窥视它们的举动。至于雄狐，则在离穴稍远之处，担任侦察敌害。它常常有诱引敌害远离巢穴的方法。鸟类中，当敌害行近巢旁的时候，亲鸟常常装作跛脚的样子，诱引敌害追击；待到离巢有相当距离，便突然恢复常态，举翼飞遁。雄狐也用这种方法。

4 衔物而旅行

幼狐长大到自己觅食饵、经营独立生活的时候，便互相分离散处。栖息在同一地方，为食物的缘故，容易引起阋墙之争；所以亲狐常常驱迫幼狐到远方去。这是食肉动物的通性，与蜘蛛的子女，乘着游丝所造成的大桥，向远处的山间移动，是同样的情形。幼狐各自找寻自己的幸运，数日间，越山过岭，穿林渡水，都赶自己的路去了。其间有可感趣味的一事，便是在出发的时候，口里一定衔着相当的东西；或羊角羊蹄，或是蛙和鼠，或是一片肉。这有什么用意呢？大概因为旅行途中难免遭遇到任何困难，难免经过无食可得的荒野，所以它们要裹粮而行。狐本有贮藏食物的习性。遇食物丰富的时候，常常选择僻静的地方造作仓库；等到空闲的时候，再去掘取，作为娱乐。不但是食物，因为它富于好奇心的缘故，不论什么东西，凡是罕见的，都要贮藏。有时候发掘它的仓库，可以得着药罐、拖鞋等物。这种仓库，大概在大树根际。它又晓得剥下枯树的皮，寻觅隐藏的昆虫来做食物。

狐的寿命大概有 10 年，现在它们的生活，已沦入很悲惨的境地，因为人类文化逐渐进展，狐的活动领域日益狭窄，食物也稀少起来，生活自然艰难了。它们活到 8 岁，视觉就渐衰退。而视觉对于它们，实在是最最必要的，衰退了，不便捕攫食饵，迫于饥饿，身体渐渐衰落，即使不被其他动物捕杀，也必定被癣疥虫所侵袭，终于死亡。

饲养的狐，每次产生的幼狐是 5 至 12 头，野生的每次产生 4 至 9 头。在不久的将来，或许野生个体将要灭种，而只有饲养的个体留在世界上了。

高鼻羚羊

5 敏锐的嗅觉

狐的嗅觉最为敏锐，它常常把鼻掀动迎风而嗅，以便明白食饵的所在。它的眼睛还没有看到草间的兔的时候，它早已用鼻察知兔的所在。兔晓得隐遁的方法，秋天身体的颜色好像枯草，冬季像雪那样的白，但是在狐的嗅觉之下，它是无法逃遁。狐虽然能够用鼻来发觉数尺距离以内的兔，但不是一定能够把它捕获，兔所住的地方，每每栖息着一种跳鼠，能够预先知道潜行前来突然狙击的狐，跳鼠见到了狐便发出高声，向兔警告。狐虽足智多谋，对于这种日夜置备哨兵在侦察它的动静的跳鼠，是完全无策可施的，兔与这种跳鼠共栖，狐的爪牙，无法逞它的伎俩了。

狐的蹠底生有厚肉，与他种猛兽相同，行走的时候不发声音。它的嗅觉又能够感觉到没有目见的食物，所以被它捕食的小动物，对于它实在是一种恐怖的大敌。这些小动物，为了适应避免敌害起见，嗅觉也同样的发达，它们也能够远远感知狐的所在；在狐还没有接近以前，就预先遁走了。所以狐常从下风处向前搜寻食饵，以免被它们察觉。

在无风的时候，五六尺以外的地方，狐的嗅觉已经不能十分明白，借助于风力，那就能够确定远处有无食物。它的鼻不仅司理嗅觉，又能够侦察风向。我们要晓得平静天气的风向，可以溅湿指端，高举空中，从感觉去推断，狐的濡湿的鼻，也有同样的识别能力。就是它感到寒气的一面，便是上风的方向，猎犬鼻头干燥的时候，嗅觉每每不灵，对于风的方向，也不能辨别，所以饲主每每用水来濡湿它的鼻头。狐有同样的鼻端干燥病，那时候它往往暂伏在穴中休息，等待鼻端重复濡湿。

苍 狐

长颈鹿

兔的特长

1　大耳的兔

兔是弱小的动物，你想，它的生活是怎样的危险啊！凶暴的狮、虎及其他猛兽、饕餮的鹰、鸢枭及其他猛禽，都是专门拿它来做食饵的，孱弱的兔，不是会沦入种族灭绝的运命中的吗？然而决不会到这样地步。一跃远及 25 尺的猛虎，对于遁逃的兔，便无法捕获；这因为兔有利于遁走的长脚，预知敌害来袭的大耳，和嗅觉敏锐的鼻头。生物界中，强者虽拿弱者来做食料，但弱者有旺盛的繁殖力，无限滋生起来，便依然能够保持平衡。这好像在容器之中，盛满了马铃薯，那么，间隙中，还可以容少些豆粒；豆粒之间，又可以容些粟粒，以至于米粉。所以动物不论怎样弱小，都有生存的可能。

兔的耳就比例计算起来，是极大的东西；对于它的生命关系极为重要。它双耳竖立着，偶然闻到微声，并不立即遁走，必定先要凝思一下，然后再检定方向，悄然逃逸。我们看到它耳的动作，便可以明白它的心理。它两耳平放的时候，表示心神舒畅，没有挂念。一耳向前，一耳向后，表示正感到奇异的声音，心中悬悬不定。两耳直立的时候，便是十分警惕的表示。

红 狼

2 动物的催眠术

　　弱小动物虽然没有武器可以与强大动物对敌，然而它们具备逃避的本能，时常使强大动物对于它无可施于凶残。所以虎决不去追击遁走的兔和鹿，鹰也不试击飞遁的鸠和小鸟。因为它们知道这种行为是徒劳的。虎捕兔的武器，决不是它的脚，因为它行走的速力，并不能与兔对敌。熊和马、狼和山羊都是健行的反而被捕获。蛇捕蛙，也不是蛙的行动比较蛇迟缓的缘故。虎有咆哮的武器，一度哨鸣，万兽慑服；就是各种野兽都被它催眠倒了。它们假如不受催眠，是不容易被虎捕住的。熊捕马，蛇吞蛙，狼杀山羊，没有不运用催眠术的。

虎

3 长脚的动物

现在自然界中生存的种种动物，不论强弱大小，都具备着抵御外敌的武器。弱小的种类，有强盛的繁殖力，就可以补救被强大动物食害的缺憾。世间本来没有十分完满的事情；强者不能完全征服弱者，弱者也不能具备绝对可以避免强者侵害的工具。兔的后脚长过前脚的二倍，强大有力，一跃可及 8 尺。尤其适宜于登山，别种动物，没有能够及他的。然而下山的情形怎样呢，自然变作极为拙劣的了。

苍鹭

4 动物的特长

萤的特长是能够发光；蝉的特长是能够发音。但是从一方面看起来是特长，从另一方面看起来便是短处了。例如萤，因为它尾端发光，给儿童捕获，至于丧生。蝉也因为它的鸣声，容易被鸟类发现而啄食。不过，一种动物，假使没有特长也没有短处，那么，生活平凡，庸庸碌碌，无足称道，就失去了生活的意义。例如很多的小昆虫潜伏在石隙草间，永远不给人见到，安全果然是安全了，然而过着这样低下的生活，还有什么意味呢？所谓动物，正唯他们活动旺盛，才有价值。蚁、蝇、蚤、蚤在我们人类看起来是害虫；但它们因了这样可以引人注意，不能不说正是它们的长处。现在兔有着长大的耳，有着敏锐的听觉，有着健步的后脚，有着强大的繁殖力，都是它的特长，值得我们称道的。

鲸

1 鲸的形状

鲸也叫鲸鱼，在动物学的分类地位上，很显著的属于脊椎动物中最高等的哺乳类。只因为它生活在海洋中，所以形态上与陆生兽类完全不同。它为了减少在水中活动的阻力，身体表面十分滑润，毛当然早已消失了，外形完全像鱼，所以向来称它作鲸、鲸鱼、鲵鱼、鳍鱼或海鳍，字都从鱼旁。欧洲也叫它作 walfisch，学名 *Cetacea*，源于希腊语"海之怪物"（sea monster）；便是古时地中海的航船者拿这个名字来称呼海中巨大的怪异动物。

总之，鲸是哺乳动物，温血，用肺脏直接呼吸空气；幼儿用母乳来哺育。体表没有别种哺乳动物那样的毛；防止寒冷的代用设备是皮肤下面特别厚的脂肪组织，因为脂肪可以使体温难于发散。不过鲸也不是绝对没有毛的；有些种类，吻端略生粗毛；有些种类，胎儿期中，头部生毛。

鲸的形态和别种哺乳动物绝不相同，反而近似鱼类，不得不认为是鲸的一大特征。而且不单外表形态，身体内部的构造，也有和别种兽类十分相异的地方。例如鲸在外形上不生后脚；从解剖上施以精密的观察，也只有一些相当于后脚的痕迹遗留着。前肢转化为鳍状。尾尤与鱼类相似。不过鲸尾和鱼尾有一点大不相同，就是后者与身体的垂直面平行，前者则与身体的水平面相一致。这一点，对于鲸在水中运动的方法，有密切关系；因为鲸时时喜欢深入水底；又为了呼吸的关系，不得不随即上升水面；这样为生理上的必要所驱迫，在水中多作上下运动；水平面的尾形是比较便利的。

水　牛

2　鲸雾

鲸有肺脏，呼吸作用和别种陆生动物相同，有鼻孔司空气的出入。不过它的鼻孔开口于头顶，与体面成垂直的方向，就是向上的。呼气的时候，因为肺脏中含有多量水蒸气，肺内温度又较外界为高，一旦喷在空中，水蒸气遇冷而凝结，便成为丈余长的水柱。旧时科学尚未发达，观察没有细致，一般的人多以为鲸自口中吞入海水，再从鼻孔喷出，才呈现这种水柱，其实是一个误谬的推测。现在把它改称为鲸雾，可以比较适合事实的真相。

3 鲸的种类

　　鲸的种类很多，其中包含体长3尺左右的小型海豚，以至体长90余尺的长脊鲸（*Sibbaldius sulphureus* Cope），不仅形态歧异，习性也大有不同。普通所说的鲸，常指大型种类；海豚之类，是不计在内的。

　　这样狭义的鲸类，仍然包含许多科属；大别起来，可以分为二类；一类是口中生齿的，一类是不生齿而代以须的。前者称为齿鲸或有齿鲸（*Odontoceti*），后者称为须鲸或有须鲸（*Mystacoceti*）。齿鲸中以抹香鲸（*Physeter macrocephalus* Sinn.）为最有名。须鲸中有长脊鲸和露脊鲸（*Balaena sieboldii* Gray）、蓝鲸、座头鲸等。关于各种鲸的形态，普通动物学书中，都有详细的记述，这里可以不赘。

4 鲸的食物

　　鲸有巨大的体躯，究竟采取哪种食物来维持生活，是任何人都急于要知道的。普通的人总以为它采取的食物，是相当大型的动物，其实不然，鲸的食物，齿鲸和须鲸不同。齿鲸虽然取食大型动物，须鲸则只食小动物。这里对须鲸类的鲸须，有先行说明的必要。鲸须生在上颚的口盖面，下垂口腔中，是细长的三角形纤维角质薄板；生活的时候，柔软可曲绕自如。数约有百枚至二百枚；从外侧看起来很像栉齿，它摄取食物的时候，把口张大，吞入海水；这时候，水里面比较大型的动物，因为被鲸须隔住，不能进入口腔；只有小型动物，能够从鲸须的间隙中进去。随即闭住了口，用舌来排出海水，因为鲸须后侧成扫帚状，小型也被拦住而不能外出，就留剩口中，给它作食物了。这种小型动物，都是海面的浮游生物，如糠虾等类。因为要维持它巨大体躯的生活，食物量自然异常地多。鲸口既极巨大，从咽喉部到腹部，生有数十条的褶襞。吞咽食物的时候，褶襞便膨胀起来，所以它能够收容巨量的食物。齿鲸类中的抹香鲸，食物是深海性的柔鱼、章鱼等。这类动物，身体有时长到2丈以上；受抹香鲸攻击的时候，常作对抗的举动；每每在海底形成重大的斗争，这也是自然界的一种奇观。

5 鲸的习性

鲸喜欢群居，很少单独活动，常常数十头合在一起。如长脊鲸、抹香鲸等，时时数十以至数百头群集一处，游猎食物。鲸的游泳速力，因了种类而不同。长脊鲸在春秋季移徙的时候，一小时可以行十余里；在稳静的海面寻觅食物的时候，一小时不过行三四里。假使突然受到惊骇，因而遁逸，行动自然更加迅速，一小时能够达到三十里以上。

鲸的怀胎期，约为十二个月到十四个月；一胎只产一儿。幼儿约受一长年的哺乳。鲸乳生在腰部生殖孔两旁，有我们的拳头大小。哺乳的时候，母鲸把身体横在海面，使乳部稍稍曲屈，让仔鲸容易吸吮。仔鲸在小时候，还不能充分游泳，母鲸把它载在前肢上；或者双亲并游，使仔鲸居中，以便保护。

母鲸对于仔鲸，爱情极笃。假使仔鲸被捕鲸者击伤，母鲸虽然暂时也会逃逸到远方去，但终不能忘情于可爱的幼儿，不久便返身寻觅，常常不顾危险，多次往返，百方徘徊，因此自身也受到牺牲。假使母鲸被击，仔鲸更是不知生死，还徘徊在母体近旁，或是吮住乳房而不离开。依依之情，令人怃然兴感。

至于抹香鲸等齿鲸类，习性便不同了，它们的受胎时期终年没有一定，所以四季都会产生幼儿。母子爱情薄弱，仔鲸被捕或被击死的时候，母鲸掉头不顾，只图自己逃避。

6 鲸的分布

　　鲸是几乎遍栖于全世界海洋中的动物；北冰洋和南极洲水域，也常常见到它们的踪迹。因为它们游泳力异常强大，所以能够作跨越世界的游行。有些种类，只限于一定区域中，例如太平洋中，就有着特产的种类。就大体而论，鲸的分布范围，在动物界中，要算是很广泛的。

　　鲸在海中，也像鸟类在陆上，有移徙的习性。栖息北太平洋中的种类，冬季向南方移动，春季则回归北方。移徙的原因，大概有二：一是食物，一是繁殖。秋冬之交，北方的海洋渐渐结冰，鲸鱼于是不得不向南方移动。这时候，又是鲸鱼孕妊而将分娩的当儿。天气初寒，鲸还眷恋北冰洋丰富的食饵，不忍远离；直到水面渐渐冰结，妨害它游泳的自由，于是开始向南方移动；同时繁殖期已经迫近，南下的行程，就现着仓促的样子，连食物也没有工夫摄取了。最显著的例便是小鲸（*Rbachianectes glaucas* Cope），它南下的行程，每年从十一月到翌年一月下旬止，通过朝鲜的东海岸，尤以十二月中旬到一月上旬为最多。二十年来，在这个时期中捕得的约有二千头，检查它们的消化器官，都是绝对不含食物的。同种鲸鱼，当它们春季北行的时候，捕获的，胃里都含有充分的食饵。

7　捕鲸术

　　鲸的捕猎，古代便有；最初用枪射击，后来用网兜揽，方法都很幼稚，只能捕到洄游海岸附近的个体。现在已经有极进步的方法，一种是美国式，一种是挪威式。美国式是由数艘帆船附随几只小艇，发现了鲸鱼，渔夫便乘坐小艇，用枪突击；击死以后，把鲸鱼运到帆船上来处理。挪威式是离开现在约六十年前，挪威人发明的：在载重 120 吨左右，速力十里余的铁制汽船头上，置备大炮；从炮门发射铁制的长约五尺、重约六百余斤的铁枪；命中鲸体的时候，枪的尖端能够再爆发开来，深入鲸肉，使它受到致命伤。这种铁枪，用粗约四寸的绳系住，可以利用起重机把鲸鱼曳近船侧。这种捕鲸法，先择定了基地，每天从根据地出发，游弋在周围百里广的渔场中；发现了鲸鱼行进到发射距离，便用炮轰击。

8 鲸的用途

鲸鱼捕得以后，运回基地，用起重机把它安置在解剖盘上；切开鲸皮，用极敏捷的手段，把它剥离。分别把皮、脂肪、肌肉、骨骼等就种种用途，加以处理。流出来的多量血液，集在工场周围的沟渠中，汇注一处，等到干燥后作为血粉肥料。对于鲸的处理，假如能够异常周密，从皮以至脂肪、骨、肉、须、齿、血液，无一不是有用的东西。就这一点论起来，鲸可说是极经济、极贵重的动物。所以价值甚高，巨大的，每头可值二万元。

对于鲸的利用方法，最初只采取抹香鲸的脑油，制作鲸油。其实鲸油可以从各种脂肪组织以及皮、肉、骨等煎沸而得。鲸油可供机械油和灯油等用。近来使它硬化，制成硬化油，适用于制肥皂和蜡烛。也可以供制香料、油漆、鞣皮、驱逐害虫等用。皮、脂肪、肉、骨等残废物，可以煎煮为肥料。骨更可碎为粉末，以制骨粉肥料。脏腑也可以充肥料，并可采取药品。鲸须，古代欧西妇人，用它来制造装饰物品；近代广用为种种工艺原料。抹香鲸的齿和象牙相同，可以作为雕刻材料。

9　鲸肉

　　鲸肉日本用作食品，为正月中宴席上不可缺少的珍肴。原来鲸肉的滋养成分与牛、猪、鸡等肉比较，并无逊色，试阅下表：

肉类	蛋白质量（%）	脂肪量（%）
鲸肉（红）	20.95	7.62
鲸肉（白）	9.09	75.52
鲸尾	32.00	19.84
牛肉	18.00	16.00
猪肉	14.00	28.10
鸡肉	19.00	1.42

　　这样可见鲸肉的营养价值，与别种鸟兽肉比较起来并没有高下，而价格较廉，是它的特长，所以在渔业国中，是很适用的食品。

10　龙涎香

鲸的产物中，还有一种称为龙涎香的，自来在我国和欧洲当作异常高贵的东西。只是出产极少，没有多大产业上的意味。它的颜色暗黑，本体没有香气，燃烧的时候，才发出清洌的芬芳。发现于南方的海洋上，或海岸边。在抹香鲸的腹中，也可取得。英语ambergris 意思是灰色的琥珀。成因怎样，还没有明了；大概是鲸体中病理的生产物。

（鲸类，当今已列入受保护动物。世界各海洋渔业大国已有协议，允许非繁殖季节，限量捕捉；严禁过量捕杀或滥捕滥杀。编者注）

图书在版编目（CIP）数据

动物珍话 / 贾祖璋著. — 北京：中国国际广播出版社，2017.1
（2024.1重印）

（科普大师经典馆. 贾祖璋）

ISBN 978-7-5078-3921-0

Ⅰ.①动… Ⅱ.①贾… Ⅲ.①科学小品－作品集－中国－当代
Ⅳ.①I267.3

中国版本图书馆CIP数据核字（2016）第263883号

动物珍话

著　　者	贾祖璋	
策　　划	张娟平	
责任编辑	孙兴冉　　笑学婧	
版式设计	国广设计室	
责任校对	徐秀英	

出版发行	中国国际广播出版社有限公司 ［010-89508207（传真）］
社　　址	北京市丰台区榕乡路88号石榴中心2号楼1701
	邮编：100079
印　　刷	天津鑫恒彩印刷有限公司

开　　本	880×1230　1/32
字　　数	35千字
印　　张	3.75
版　　次	2017 年 1 月 北京第一版
印　　次	2024 年 1 月 第二次印刷
定　　价	22.00元